*Para Rosa y Roberto, que construyeron
una casa voladora juntos.*

    F. Y.

Para Ari, por ser casa para mis libros.

    M. B.

© 2017 Mar Benegas, texto
© 2017 Francisca Yáñez, ilustración
© 2017 A buen paso

Segunda edición: julio de 2019

Diseño gráfico: Estudi Miquel Puig
Corrección: Xavier Canyada

Impreso en España
por Índice S.L.

ISBN: 978-84-946368-3-7
Depósito legal: B 4368-2017

Este libro ha recibido una ayuda a la edición
del Ministerio de Educación, Cultura y Deporte

MAR BENEGAS   FRANCISCA YÁÑEZ

VERSOS COMO UNA CASA

Corazón: casa de la vida y cauce.
La casa, la modesta casa a imagen del corazón
que deja circular, que pide ser recorrida,
es ya solo por ello lugar de libertad,
de recogimiento y no de encierro.

MARÍA ZAMBRANO

LA CASA Y

SUS COSAS

Golondrina

Arribita de las tejas
piaba una golondrina,
no usó barro para el nido
ni usó ramitas de encina.

Tanto le gusta el naranja
–a esta golondrina fina–
que hizo su nido especial
trenzado con mandarinas.

Los gatos, de noche

son transparentes.

Juegan al escondite

y la casa

es un palacio de cristal.

Los gatos, de día

son de silencio.

Juegan a ser luz

y la ventana

es un sol que los acaricia.

Los gatos

¿Qué pasa?

Te voy a contar qué pasa

según construyes tu casa:

si la construyes de mar,

te la roba un calamar.

Si la construyes de viento,

como vuela se va huyendo.

Si la construyes de fuego,

siempre se te quema luego.

Si la construyes de ramas,

habrá nido y no habrá cama.

Mas si la haces de flores

huele bien y es de colores,

pero al tiempo se marchita

y se te queda chiquita.

Y ahora ya sabes qué pasa

según construyes tu casa.

La puerta

La puerta es un pájaro
y cuando aletea
nos deja entrar
en su cielo amaestrado.

Ojos

Debajo de las ventanas
la casa tiene nariz;
por eso, si se resfría,
estornuda y dice ¡achís!

Dice la lluvia al caer:
–Vengo y soy como el amor,
si toco la tierra seca
la convierto en una flor.

Dice la lluvia al caer:
–Vengo y soy como el dolor,
si trueno y caigo enfadada
anego tu corazón.

Dice la lluvia al caer:
–Vengo y soy como yo soy,
a veces llamo a la vida,
a veces llamo al dolor.

Lluvia

El corazón

La casa tiene un corazón
que hace tic y que hace tac.
No te olvides darle cuerda,
aunque parezca un reloj.

Abrid puertas y ventanas:

Abrid el portón, abrid la cancela,
llega la alegría como una gacela.

Abrid el camino que lleva al jardín,
que llega la risa con su colibrí.

Abrid grifo y jarras, de baño y cocina,
que llega la vida con cara de niña.

Abrid los cajones y las balconadas,
que llega una hormiga trayendo esperanza.

Entrad en la casa, fuera los abrigos,
así van llegando también los amigos.

Abramos las puertas, todas las ventanas,
que la libertad es la que nos llama.

El tejado

El gallo de la veleta
es tan moderno
que lleva una cresta.

Donde viven los monstruos

Debajo de la cama
o cruzando el mar,
me llame Alicia
o me llame Max:
¿los monstruos habitan
en un gran armario
o será en este cuerpo
que visto a diario?

Cocina

La poeta de la casa
es sin duda la cocina,
usa avellanas y harina
y con rimas hace masa.

Bien mezcladas las palabras
y medidas con cuidado,
por fin cuando el horno abras
verás como tú descubres
que hizo un hermoso poema
en el calor de la lumbre
de postre para la cena.

La poeta de la casa
es sin duda la cocina,
usa avellanas y harina
y con rimas hace masa.

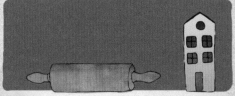

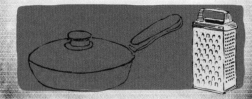

En la casa

Yo quiero hacer una casa
que quede bien abrigada,
donde haya agua y leche
y unas mullidas almohadas.

Una casa de madera,
de piedra, nido o albahaca,
con panes y mucha ropa
y una camita bien blanda.

Porque a veces no la veo
no sé dónde la pusiste
y hay quien se duerme en el suelo,
en la casa que no existe.

que no existe

LA CASA Y LAS ESTACIONES

Din-don, din-don
llama el invierno
con su chaquetón,
se ha llevado al sol
que iba en camisón.

Din-don, din-don,
es la primavera
que llega en su flor,
nos devuelve al sol
con su dulce olor.

¿Quién

es?

Din-don, din-don
llama el verano,
que va en bañador,
ha encendido al sol
y todo es calor.

Din-don, din-don
llama el otoño,
que viene en cometa,
que no pare quieta,
que vuele, que vuele,
que el aire la lleve
a vivir con el sol.

Primavera

Las casas siempre florecen
al llegar la primavera.
Tres sábanas del tendedero
dicen adiós a las penas.

Cuando llega el verano
el sol abraza la casa,
tanto tanto la abraza
que, de amor,
casi la abrasa.

Verano

Otoño

La casa llama al otoño,
pues le gusta que a las hojas
—el viento fresco y travieso—
convierta en mil mariposas.

Y se ríe a carcajadas
si en su ventana se posan
cuando vuela las cortinas
o le revuelve las cosas.

Invierno

La chimenea en verano
triste y solitaria sueña
que llega pronto el invierno
y le dan de cenar leña.

HAIKUS DE LA CASA EN VACACIONES

De cualquier casa
hacemos nuestro nido
en vacaciones.

Nido

Llega el verano,
abrimos las sombrillas:
florece el mar.

Playa

En la montaña
subimos a las nubes
por la ladera.

Montaña

Avión

Ser como un pájaro
volando por el cielo
con dos motores.

Nieve

La gran tormenta
nos trajo vacaciones
inesperadas.

En primavera
volamos las cometas
si no hay colegio.

Cometas

LA CASA

Y LA
FIESTA

Baila

Baila la casa
si un coche pasa.
Zimba-zumba-zomba,
ha sonado el claxon
y parece una zambomba.

Baila la casa
si la bici pasa.
Tina-tuna-tana,
ha sonado el timbre
y parece una campana.

Baila la casa
si un gorrión pasa.
Tiña-tuña-taña,
piando la acompaña.

Avión de papel

Se me ha escapado un avión
que lancé por la ventana.

Mi avioncito de papel
estará cruzando el cielo.
Era blanco y muy valiente,
que me lo hizo mi abuelo.

Se me ha escapado un avión
que lancé por la ventana.

Ahora me llegan sus cartas
de lugares muy remotos,
desde Pequín en la China
o a través de un maremoto.

Se me ha escapado un avión
que lancé por la ventana.

En la última misiva
me dijo que ya volvía,
que pasaba por Italia
a visitar a su tía.

Se me ha escapado un avión
que lancé por la ventana.

Hoy me ha dicho que regresa
y he preparado una fiesta
con más de dos mil juguetes
que he sacado de la cesta.

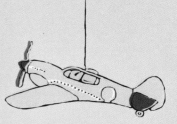

Música

Suena música en la casa,

alguien toca el contrabajo:

don don don

suena así por el salón

y dentro del contrabajo

alguien toca la guitarra:

glin glin glin

suena así por el jardín

y dentro de la guitarra

alguien toca la trompeta:

tato tato tato

suena así dentro del cuarto

y dentro de la trompeta

alguien toca la bocina:

tina tina tina

suena así por la cocina

y dentro de la bocina

alguien toca las maracas:

ras ras ras

suena en el baño de atrás

y dentro de la maracas

una familia de vacas

ha construido su casa.

Si las mueves por el asa,

¿qué será pues lo que pasa?

Suena música en la casa,

alguien toca el contrabajo:

don don don

suena así por el salón... *

*(y volvemos a empezar,   así hasta el infinito)

Un dos tres

cuatro cinco seis

y las velas soplaré

fuerte tan fuerte lo haré

que la casa volaré.

Cumpleaños

Un dos tres

cuatro cinco seis

estaremos todo el año

volando sobre un castaño,

que yo a ti nunca te engaño.

Un dos tres

cuatro cinco seis

a mi fiesta te invité

y las velas soplaré

fuerte tan fuerte lo haré,

¿quieres volar tú también?

*Recitar como una
canción de elegir.

Amigos

Una casa sin amigos
es como un esquimal
al que falten sus abrigos.

Una fiesta sin amigos
sería como un trigal
si le quitamos el trigo.

Por eso yo te lo digo:
siempre y en todo momento,
ten cerca trigo y abrigos,
pues todo mejor será
si lo haces con amigos.

En una caja preciosa
guardar con tacto y esmero
risas y amores sinceros.

Hacer una buena lista
con los nombres y apellidos
de abrazos bien recibidos.

Dar las gracias a la vida:
lo comido y lo soñado
en el bolsillo guardado.

Recordar bailes y juegos,
y al que nos tendió la mano:
sea animal o un humano.

Para saludar al año
y terminar la canción,
enterradito en la tierra
hay que dejar el dolor.
Aquello que nos dio pena
o nos rompió el corazón
que sea semilla buena
y en primavera una flor.

Canción para despedir el año

La fiesta
porquesí

La fiesta que más me gusta
es la fiesta *porquesí*.
Pasa si le da la gana,
y es que ella es así.

Es la fiesta más ruidosa
la fiesta del *porquesí*.
No es por nada y es por todo
la que más me gusta a mí.

Nos ponemos muy contentos
en la fiesta *porquesí*:
vengan la risa y el juego
y el bailar con la nariz.

Nunca hay ningún motivo
en la fiesta *porquesí*,
ni aniversarios ni nada,
sólo hay que decir sí.

Al final hasta la casa
en la fiesta *porquesí*
participa y se remueve,
hasta se monta en patín.

Y es que todos se contagian
en la fiesta *porquesí*:
muebles, armarios y gatos
o ese largo tallarín.

Y terminamos exhaustos
en la fiesta *porquesí*.
Se termina como empieza,
eso no me gusta a mí.

Volverá si le apetece,
porque ella es así,
y sabrás que se ha acabado
porque siempre dice fin,